BIBLIOTHÈQUE DU MAGASIN D'ÉDUCATION

ET DE RÉCRÉATION

PIERROT A L'ECOLE

GRAVÉES PAR J. HETZEL L. DUMONT

18, RUE JACOB, 18

PIERROT A L'ÉCOLE

PIERROT A L'ECOLE

TEXTE ET VIGNETTES

PAR G. FATH

GRAVEES PAR L. DUMONT

PARIS
J. HETZEL
18, RUE JACOB, 18

TEXTE ET VIGNETTES

PAR

G. FATH

TRENTE-DEUX VIGNETTES PLUS UN FRONTISPICE

PARIS

BIBLIOTHÈQUE DU MAGASIN

D'ÉDUCATION ET DE RÉCRÉATION

J. HETZEL, 18, RUE JACOB

STRASBOURG, TYPOGRAPHIE DE G. SILBERMANN

PIERROT A L'ÉCOLE

I

Pierrot est gourmand et paresseux. *Chacun sait ça!*

Quand il mange sa soupe, il fait volontiers durer le plaisir. Mme Pierrot fait remarquer à son fils qu'il est déjà tard pour aller à l'école... Pierrot n'hésite pas à déclarer qu'il est même trop tard...

PIERROT A L'ÉCOLE

II

C'est égal, il faut partir! le cœur de Pierrot est GONFLÉ D'AMERTUME.

PIERROT A L'ÉCOLE

III

Chemin faisant, M. Pierrot se permet de flâner devant la boutique d'un pâtissier dont les galettes lui semblent belles à voir. Stop, un chien des rues, qui n'est pas flâneur, profite des préoccupations de Pierrot pour se livrer à un travail très-actif sur les tartines que contient son panier.

PIERROT A L'ÉCOLE

IV

De flânerie en flânerie, M. Pierrot a gagné la campagne.
La mère l'Oie, dont il a troublé la famille, lui apprend que ce n'est pas du côté des oies qu'il faut aller pour s'instruire, et qu'il n'est pas toujours prudent de quitter le bon chemin.

PIERROT A L'ÉCOLE

V

Remis de son émoi, Pierrot rencontre le petit Jacquot, autre flâneur. Il est convenu qu'on va faire ensemble l'école buissonnière. Mme la Chèvre, devant qui M. Jacquot avait passé sans la saluer, lui donne une leçon de politesse. Mais Jacquot est si attentif aux propositions de son ami Pierrot, qu'il ne pense pas à son chapeau.

VI

Il ne faut jamais compter sans l'œil du maître !

Du haut de sa fenêtre quelqu'un avait tout vu. Les déserteurs avaient été suivis !

M. Martinet n'est pas tendre pour les élèves qui sont en faute.

Adieu l'école buissonnière !

PIERROT A L'ÉCOLE

VII

Pierrot, une fois en classe,
s'est endormi sur son livre. Les rires de ses bons petits camarades
et ses ronflements le trahissent.

PIERROT A L'ÉCOLE

VIII

M. Martinet, très-susceptible quand il professe, a condamné maître Pierrot à trois quarts d'heure de *bonnet d'âne* et de *piquet*. Pierrot essaie de dormir tout debout, mais je crois qu'il n'y réussit pas.

PIERROT A L'ÉCOLE

IX

Pierrot, qui a subi sa peine, a la mauvaise idée de s'en venger quand il est dans la cour, en faisant sur le mur le portrait de M. Martinet. Mais M. Martinet est partout. Ayant sans doute trouvé que son portrait n'était pas flatté, M. Martinet, son martinet à la main, s'apprète à plonger M. Pierrot...

PIERROT A L'ÉCOLE

X

Dans un affreux cachot, plein de grosses bêtes que M. Pierrot n'aime pas du tout : — des rats...

XI

Pierrot, qui a horreur du cachot — et des rats, médite une évasion...

XII

... qui lui réussit trop. Emporté par la peur (déjà les rats grimpaient au mur), il tombe la tête la première sur un tas de paniers.

XIII

La fenêtre du cachot donnait justement dans le garde-manger des élèves. Cela sent très-bon dans le nouveau cachot. Pierrot, qui a le nez fin, se relève et remet en place les paniers dérangés par sa chute.

XIV

Après quoi il songe à faire une visite à son propre panier.
Ses tartines! où sont ses tartines? Désespoir de Pierrot. M. Stop seul pourrait le lui dire, mais il s'en gardera.

PIERROT A L'ÉCOLE

XV

Pierrot a bien vite imaginé un système de compensation. Son panier est vide, mais les paniers de ses petits camarades sont pleins. Pierrot cède à une coupable pensée ! Pierrot n'oublie qu'une chose, c'est qu'il y a un trou dans le mur et que les fautes ont toujours des témoins.

XVI

L'heure de la récréation a sonné. La porte s'ouvre. Pierrot est sorti sans en avoir l'air. Les élèves entrent pour chercher leurs provisions et bientôt ressortent exaspérés! Malheureux Pierrot, son crime est connu! L'heure de l'expiation est arrivée : quelle volée!!!

XVII

Pendant huit jours, dont quatre furent passés dans son lit, et quatre autres à se rétablir tout à fait, M. Pierrot tient une conduite exemplaire; mais le neuvième, l'infâme petit Jacquot ayant découvert qu'il y avait des œufs tout frais pondus dans le poulailler de M. Martinet, les deux garnements conçoivent l'abominable dessein de les dénicher, et l'exécutent...

PIERROT A L'ÉCOLE

XVIII

Pourquoi y a-t-il des fenêtres aux maisons ? Pourquoi Mme Martinet veillait-elle sur ses œufs ? M. Martinet, prévenu, fond sur les deux coupables. Ce petit serpent de Jacquot avait déjà eu le temps de rentrer en classe. Pierrot, moins leste, parce que le produit de son vol a retardé sa marche, est pris et mis au pied du mur. Que croyez-vous qu'il fait pendant que M. Martinet l'accable de reproches mérités ? Il fait semblant d'être très-occupé à attraper des mouches.

XIX

La patience humaine a des bornes. Voyant le cas que l'incorrigible Pierrot fait de ses paroles, M. Martinet, indigné, passe à l'action, et secoue Pierrot comme un prunier. Les œufs volés tombent de ses poches et même de son chapeau. Le crime de Pierrot est avéré.

PIERROT A L'ECOLE

XX

M. Martinet en a assez de M. Pierrot et de M. Jacquot! Il renonce à faire l'éducation de ces deux polissons, et les chasse ignominieusement. Les deux petits drôles se sentent à peine hors de sa porte, qu'ils se mettent à le narguer; mais il y a une justice dans ce monde. « Rira bien qui rira le dernier, » leur crie le sage M. Martinet, du haut de son donjon.

XXI

Vous croyez peut-être que Pierrot et Jacquot vont rentrer chez eux pour tâcher d'arranger leurs vilaines affaires par l'entremise de leurs parents ? Point ! Ils vont tout droit à la fête des Loges, et, deux heures après, vous auriez pu les voir, écoutant, comme s'ils avaient eu la conscience la plus tranquille, une parade de la foire. « Nous allons joliment nous amuser ! dit Pierrot.

— Oh oui ! » s'écrie Jacquot enthousiasmé.

XXII

Alléchés par le spectacle de la porte, Pierrot et Jacquot font un trou dans la toile, s'introduisent frauduleusement dans la baraque du saltimbanque, pour tout voir sans payer, et s'y trouvent subitement en tête à tête avec Martin l'ours au moment où cet effroyable animal se reposait de ses exercices, en fumant sa pipe. Ce n'est pas si amusant qu'ils le croyaient dans les baraques.

XXIII

Je n'ai pas besoin de dire que maître Pierrot et maître Jacquot ne se sont pas fait prier pour reprendre le chemin par où ils étaient venus. Mais dans leur effroi, courant éperdus, à tort et à travers, Pierrot est accroché par une ancre qui pendait d'un ballon, et il disparaît dans les airs, à la grande joie de la foule, qui croit que son ascension fait partie du programme.

PIERROT A L'ÉCOLE

XXIV

Heureusement pour M. Pierrot que sa blouse était solide et que le ballon était captif : ramené bientôt sur terre, il en est quitte pour la peur. Pour se remettre, Jacquot lui conseille de manger beaucoup de pain d'épice ; il en mange trop, et fait à la suite de cet excès de si étonnantes grimaces, que ce petit sans-cœur de Jacquot ne peut pas s'empêcher d'en rire.

XXV

Où est Pierrot?...

Jacquot a l'air très-inquiet; nous croyons pourtant que maitre Pierrot n'est pas perdu.

PIERROT A L'ÉCOLE

XXVI

Dégoûté de la fête et très-affaibli, Pierrot s'empare d'un âne. L'âne étant très-long, il y a place pour deux. M. Pierrot et M. Jacquot s'installent sur son dos à la façon des beaux messieurs du bois de Boulogne.

XXVII

Soupçonnant que ses deux cavaliers ne sont pas de première force sur l'équitation, l'âne se dit qu'il a tout intérêt à mettre leur science à l'épreuve. Il se lance au galop. Quelle culbute! L'âne débarrassé retourne à son logis, très-satisfait de son expédient.

PIERROT A L'ECOLE

XXVIII

La chute de l'âne a achevé Pierrot. Le malheureux se traine, clopin-clopant, au bras de son ami, moins éprouvé que lui. « Du courage, lui dit Jacquot, car nous avons encore la forêt à traverser.»

XXIX

Il fait très-sombre dans la forêt de Saint-Germain.
J'ai entendu dire qu'elle était pleine d'animaux féroces, peut-être des loups!
« Si nous retournions chez papa, dit Jacquot. — C'est que j'ai
bien peur aussi de papa! » dit Pierrot.

XXX

La peur des loups l'a emporté sur la crainte du châtiment qu'il mérite :
Pierrot est rentré à la maison. Mais ses pressentiments ne l'avaient pas trompé.
Sa rentrée n'est pas un triomphe.

XXXI

Pierrot est resté incorrigible, Jacquot aussi.

Leur ignorance et leur paresse n'ayant fait que croître et embellir, ils en sont réduits à s'engager dans la troupe de M. Bilboquet. Leurs attributions sont très-distinctes. C'est Jacquot, devenu arlequin, qui donne les coups de pied; c'est Pierrot qui les reçoit. Infortuné Pierrot, il est devenu vieux, il se repent peut-être. Hélas, il est trop tard!

FIN

BIBLIOTHÈQUE

DU MAGASIN D'ÉDUCATION ET DE RÉCRÉATION

ÉDITIONS ILLUSTRÉES

Premier âge (Bibliothèque de Mlle Lili).

	cart.	rel.
PIERROT A L'ÉCOLE, de P. J. STAHL, illustré par G. FATH. Album cartonné	3f	5f
HISTOIRE D'UN PAIN ROND, de P. J. STAHL, illustré par FROMENT. Album cartonné	3	5
ZOÉ LA VANITEUSE, illustré par FRŒLICH. Album cartonné	3	5
LE MAUVAIS JEAN, illustré par FRŒLICH. Album cartonné	3	5
BÉBÉ A LA MAISON, de FRŒLICH, cartonné	4	6
BÉBÉ AUX BAINS DE MER, par FRŒLICH, cartonné	4	6
ALPHABET DE Mlle LILI, 24 dessins à la plume, par FRŒLICH, imprimé en rouge et noir par SILBERMANN. Album cartonné. (Nouvelle édition.)	3	5
L'ARITHMÉTIQUE DE Mlle LILI, 48 dessins par FRŒLICH. Album cartonné	3	5
LA JOURNÉE DE Mlle LILI, texte par P. J. STAHL, 22 vignettes par FRŒLICH. Album cart.	3	5
Mlle LILI A LA CAMPAGNE, 24 dessins par FRŒLICH, texte par P. J. STAHL. Album cart.	3	5
VOYAGE DE DÉCOUVERTES DE Mlle LILI, 48 dessins de FRŒLICH, texte par P. J. STAHL. Album cartonné	5	8
VOYAGE DE Mlle LILI AUTOUR DU MONDE. Expédition maritime, illustré par FRŒLICH.	3	5
LE ROYAUME DES GOURMANDS, texte par P. J. STAHL, 48 dessins en trois couleurs, par FRŒLICH. Album cartonné	5	8
L'HISTOIRE DU GRAND ROI COCOMBRINOS, silhouettes enfantines de MICK NOEL. Alb.	3	»
LES MÉSAVENTURES DU PETIT PAUL, silhouettes enfantines de MICK NOEL. Alb. cart.	2	»
LE PETIT MONDE, fabulettes par CHARLES MARELLE, 150 dessins. In-8° broché 6 fr.	8	10
LES BÉBÉS, par le Cte F. DE GRAMONT, dessins de LUDWIG RICHTER. In-8° broché 6 fr.	8	10
LES BONS PETITS ENFANTS, par le Cte F. DE GRAMONT, dessins d'OSCAR PLETSCH. In-8° broché 6 fr.	8	10
RÉCITS ENFANTINS, par E. MULLER. 10 eaux-fortes de FLAMENG. In-8° broché 6 fr.	8	10

Premier et second âge.

	cart.	rel.
L'HISTOIRE D'UN TROP BON CHIEN, par le Mis de CHERVILLE, illustrée par ANDRIEUX. Broché 6 fr.	8	10
LA COMÉDIE ENFANTINE (*ouvrage couronné par l'Académie*), par LOUIS RATISBONNE, contenant les deux séries complètes. 1 volume broché, 6 fr.	8	10
HISTOIRE D'UNE BOUCHÉE DE PAIN, par JEAN MACÉ, illustrée par FRŒLICH. In-8° broché 6 fr.	8	10
AVENTURES SURPRENANTES DE TROIS VIEUX MARINS, par JAMES GREENWOOD, dessins par ERNEST GRISET. Album in-4° cartonné	6	9
AVENTURES DE JEAN-PAUL CHOPPART, par LOUIS DESNOYERS. Nouvelle édition, illustrée par GIACOMELLI. In-8° broché 6 fr.	8	10

Second âge.

	cart.	rel.
LA JEUNESSE DES HOMMES CÉLÈBRES, par EUGÈNE MULLER, illustrée par BAYARD, broché 6 fr.	8	10
LE NOUVEAU ROBINSON SUISSE, revu et mis au courant de la science moderne par P. J. STAHL et EUGÈNE MULLER, 150 dessins de YAN'-DARGENT. In-8°, broché 6 fr.	6	10
LES AVENTURES D'UN PETIT PARISIEN, par ALPHONSE DE BRÉHAT, dessins de MORIN. In-8°. 1 volume broché 6 fr.	8	10
LES CONTES DU PETIT CHATEAU, par J. MACÉ, illustrés par BERTALL. In-8°, broché.	8	10
LE THÉATRE DU PETIT CHATEAU, par J. MACÉ, illustré par FROMENT. In-8°, br. 6 fr.	8	10
L'ARITHMÉTIQUE DU GRAND-PAPA, par J. MACÉ, illustrée par YAN'-DARGENT. In-8°, broché 6 fr.	8	10

Jeunes filles et jeunes gens.

	cart.	rel.
CONTES CÉLÈBRES DE LA LITTÉRATURE ANGLAISE, traduits par de WAILLY et P. J. STAHL, illustrés par FATH, broché 6 fr.	8f	10f
LES FÉES DE LA FAMILLE, par LOCKROY, dessins de DONCKER. In-8°, broché 6 fr. . . .	8	10
LA BELLE PETITE PRINCESSE ILSÉE, conte allemand, par P. J. STAHL, dessins de FROMENT. In-8° cartonné	5	7
FABLES, par le Cte ANATOLE DE SÉGUR, dessins de FRŒLICH. In-8°, broché 6 fr.	8	10
BOTANIQUE DE MA FILLE, par JULES NÉRAUD et JEAN MACÉ, dessins de LALLEMAND. In-8°, broché 6 fr.	8	10
LA TASSE A THÉ, par KÆMPFEN, illustrée par WORMS. In-8°, broché 6 fr.	8	10
VOYAGES EXTRAORDINAIRES, *les Aventures du capitaine Hatteras*, par J. VERNE, 210 dessins de RIOU. In-8°, broché 6 fr.	8	10
CINQ SEMAINES EN BALLON, par JULES VERNE, illustrées par RIOU. In-8°, br. 3 fr. 50 .	5 50	»
VOYAGE AU CENTRE DE LA TERRE, par JULES VERNE, illustré par RIOU, br. 3 fr. .	5	»
PICCIOLA, par X. B. SAINTINE, 10 eaux-fortes de FLAMENG. In-8°, broché 6 fr.	8	10
LE VICAIRE DE WAKEFIELD, traduction de CH. NODIER, 10 dessins de TONY JOHANNOT, broché 6 fr.	8	10
HISTOIRE D'UN AQUARIUM ET DE SES HABITANTS, par ERNEST VAN BRUYSSEL, dessins imprimés en douze couleurs. Cartonné.	6	8

Tous les âges.

GÉOGRAPHIE ILLUSTRÉE DE LA FRANCE, par VERNE et LAVALLÉE, 1er volume, broché 5 fr.	7	9
CONTES DE PERRAULT, illustrés de 40 grandes planches par GUSTAVE DORÉ. Magnifique édition, reliée à l'anglaise.	25	30
LA VIE DES FLEURS, par EUGÈNE NOEL, illustrée par YAN'-DARGENT. In-8°, broché 6 fr.	8	10
LES ENFANTS (le Livre des Mères), par VICTOR HUGO, dessins de FROMENT. In-8°, br. 10 fr.	13	14
ROMANS NATIONAUX, par ERCKMANN-CHATRIAN, illustrés, brochés 9 fr.	11	13
CONTES ET ROMANS POPULAIRES, par ERCKMANN-CHATRIAN, illustrés, br. 8 fr. 50 .	11	13
LES FIGURES JEUNES, par L. RATISBONNE (non illustré), broché 5 fr.	7	9

LECTURES POUR TOUTE LA FAMILLE

MAGASIN D'ÉDUCATION ET DE RÉCRÉATION

COURONNÉ PAR L'ACADÉMIE FRANÇAISE

publié sous la direction de JEAN MACÉ, P. J. STAHL et JULES VERNE. — **7** beaux volumes gr. in-8° jésus. — Prix de chaque volume, broché : **6** fr.; ensemble : **42** fr. — Chaque volume séparé, relié à l'anglaise, doré : **8** fr.; ensemble : **56** fr.

ABONNEMENT A L'ANNÉE : **12** fr. — DÉPARTEMENTS : **14** fr.

BIBLIOTHÈQUE

DU MAGASIN D'ÉDUCATION ET DE RÉCRÉATION

ÉDITIONS ILLUSTRÉES

PREMIER AGE (Bibliothèque de Mlle Lili).

cart. rel.

PIERROT A L'ÉCOLE, de P.-J. STAHL, illustré par G. FATH. Album cartonné . . . . 3 » 5 »

HISTOIRE D'UN PAIN ROND, de P.-J. STAHL, illustré par FROMENT. Album cartonné . . . . . 3 » 5 »

ZOÉ LA VANITEUSE, illustré par FRŒLICH. Album cartonné . . . . 3 » 5 »

LE MAUVAIS JEAN, illustré par FRŒLICH. Album cartonné . . . . 3 » 5 »

BÉBÉ A LA MAISON, de FRŒLICH, cartonné . . 4 » 6 »

BÉBÉ AUX BAINS DE MER, par FRŒLICH, cart. 4 » 6 »

ALPHABET DE Mlle LILI, 21 dessins à la plume, par FRŒLICH, imprimé en rouge et noir par SILBERMANN. Album cartonné. (Nouvelle édition.). 3 » 5 »

L'ARITHMÉTIQUE DE Mlle LILI, 48 dessins par FRŒLICH. Album cartonné . . . . 3 » 5 »

LA JOURNÉE DE Mlle LILI, texte par P.-J. STAHL, 22 vignettes par FRŒLICH. Album cart. . 3 » 5 »

Mlle LILI A LA CAMPAGNE, 24 dessins par FRŒLICH, texte par P.-J. STAHL. Album cartonné. 3 » 5 »

VOYAGE DE DÉCOUVERTES DE Mlle LILI, 48 dessins de FRŒLICH, texte par P.-J. STAHL. Album cartonné. . . . . 5 » 8 »

VOYAGE DE Mlle LILI AUTOUR DU MONDE. Expédition maritime, illustré par FRŒLICH . . . 5 » 7 »

LE ROYAUME DES GOURMANDS, texte par P.-J. STAHL, 48 dessins en trois couleurs, par FRŒLICH. Album cartonné. . . . . 5 » 8

L'HISTOIRE DU GRAND ROI COCOMBRINOS, silhouettes enfantines de MICK NOEL. Album . . 3

LES MÉSAVENTURES DU PETIT PAUL, silhouettes enfantines de MICK NOEL. Album cart. 2

LE PETIT MONDE, fabulettes par CHARLES MARELLE, 150 dessins. In-8°, broché, 6 fr. . . . . 8 » 10 »

LES BÉBÉS, par le Cte F. DE GRAMONT, dessins de LUDWIG RICHTER. In-8°, broché, 6 fr. . . . . . 8 » 10 »

LES BONS PETITS ENFANTS, par le Cte F. DE GRAMONT, dessins d'OSCAR PLETSCH. Un volume in-8°, broché, 6 fr. . . . . 8 » 10 »

RÉCITS ENFANTINS, par E. MULLER, 10 eaux-fortes de FLAMENG. In-8°, broché, 6 fr. . . . . 8 » 10 »

PREMIER ET SECOND AGE.

L'HISTOIRE D'UN TROP BON CHIEN, par Mme de CHERVILLE, illus. par ANDRIEUX. Br. 6 fr. 8 » 10 »

LA COMÉDIE ENFANTINE (*ouvrage couronné par l'Académie*), par LOUIS RATISBONNE, contenant les deux séries complètes. 1 volume broché, 6 fr. . . . . 8 » 10 »

HISTOIRE D'UNE BOUCHÉE DE PAIN, par JEAN MACÉ, illustrée par FRŒLICH. In-8°, broché, 6 fr. 8 » 10

AVENTURES SURPRENANTES DE TROIS VIEUX MARINS, par JAMES GREENWOOD, dessins par ERNEST GRISET. Album in-4° cartonné . . . . . 6 » 9

AVENTURES DE JEAN-PAUL CHOPPART, par LOUIS DESNOYERS. Nouvelle édition, illustrée par GIACOMELLI. In-8°, broché, 6 fr. . . . . . . 8 » 10

SECOND AGE.

LA JEUNESSE DES HOMMES CÉLÈBRES, par EUGÈNE MULLER, illustré par BAYARD, broché, 6 fr. . . . . 8 » 10 »

LE NOUVEAU ROBINSON SUISSE, revu et mis au courant de la science moderne, par P.-J. STAHL et EUGÈNE MULLER, 150 dessins de YAN'DARGENT. In-8°, broché, 6 fr . . . . 6 » 10 »

LES AVENTURES D'UN PETIT PARISIEN, par ALPHONSE DE BREHAT, dessins de MORIN. In-8°, 1 volume, broché, 6 fr.. . . . . 8 » 10

LES CONTES DU PETIT CHATEAU, par J. MACÉ, illustrés par BERTALL. In-8°, broché. . 8 » 10 »

LE THÉATRE DU PETIT CHATEAU, par J. MACÉ, illustré par FROMENT. In-8°, br., 6 fr. 8 » 10 »

L'ARITHMÉTIQUE DU GRAND-PAPA, par JEAN MACÉ, illustrée par YAN'DARGENT. In-8°, br., 6 fr. 8 » 10

JEUNES FILLES ET JEUNES GENS.

CONTES CÉLÈBRES DE LA LITTÉRATURE ANGLAISE, traduits par de WAILLY et P.-J. STAHL, illustré par FATH, broché, 6 fr. . . . . 8 » 10 »

LES FÉES DE LA FAMILLE, par LOCKROY, dessins de DONCKER. In-8°, broché, 6 fr. . . . . . 8 » 10 »

LA BELLE PETITE PRINCESSE ILSÉE, conte allemand, par P.-J. STAHL, dessins de FROMENT. In-8° cartonné. . . . . 5 » 7 »

FABLES, par le Cte ANATOLE DE SÉGUR, dessins de FRŒLICH. In-8°, broché, 6 fr. . . . . 8 » 10 »

BOTANIQUE DE MA FILLE, par JULES NÉRAUD et JEAN MACÉ, dessins de LALLEMAND. In-8°, broché, 6 fr. . . . . 8 » 10 »

LA TASSE A THÉ, par KAEMPFEN, illustrée par WORMS. In-8, broché, 6 fr. . . . . 8 » 10 »

VOYAGES EXTRAORDINAIRES, *les Aventures du capitaine Hatteras*, par JULES VERNE, 240 dessins de RIOU. In-8°, broché, 6 fr. . . . . 8 » 10 »

CINQ SEMAINES EN BALLON, par JULES VERNE, illustrées par RIOU. In-8°, broché, 3 fr. 50. 5 50

VOYAGE AU CENTRE DE LA TERRE, par JULES VERNE, illustré par RIOU, broché, 3 fr. . 5 »

PICCIOLA, par X. B. SAINTINE, 10 eaux-fortes de FLAMENG. In-8°, broché, 6 fr. . . . . 8 » 10 »

LE VICAIRE DE WAKEFIELD, traduction de CH. NODIER, 10 dessins de TONY JOHANNOT, broché, 6 fr. . . . . 8 » 10

HISTOIRE D'UN AQUARIUM ET DE SES HABITANTS, par ERNEST VAN BRUYSSEL, dessins imprimés en douze couleurs. Cartonné. . . . . . 6 » 8 »

TOUS LES AGES.

GÉOGRAPHIE ILLUSTRÉE DE LA FRANCE, par VERNE et LAVALLÉE, 1er volume, broché, 5 fr. . 7 » 9 »

CONTES DE PERRAULT, illustrés de 40 grandes planches par GUSTAVE DORÉ. Magnifique édition, reliée à l'anglaise. . . . . 25 » 30 »

LA VIE DES FLEURS, par EUGÈNE NOEL, illustrée par YAN' DARGENT. In-8°, broché, 6 fr . . 8 » 10 »

LES ENFANTS (le Livre des Mères), par VICTOR HUGO, dessins de FROMENT. In-8°, broché, 10 fr. . . . . 13 » 14 »

ROMANS NATIONAUX, par ERCKMANN-CHATRIAN, illustrés, brochés, 9 fr. . . . . 11 » 13

CONTES ET ROMANS POPULAIRES, par ERCKMANN-CHATRIAN, illustrés, brochés, 8 fr. 50 . . . 11 » 13 »

LES FIGURES JEUNES, par L. RATISBONNE (non illustré), broché, 5 fr.. . . . . 7 » 9 »

LECTURE POUR TOUTE LA FAMILLE

MAGASIN D'ÉDUCATION ET DE RÉCRÉATION

COURONNÉ PAR L'ACADÉMIE FRANÇAISE

Publié sous la direction de JEAN MACÉ, P.-J. STAHL et JULES VERNE. — 7 beaux vol. gr. in-8° jésus. — Prix de chaque volume, broché : 6 fr.; ensemble : 42 fr. — Chaque volume séparé, relié à l'anglaise, doré : 8 fr.; ensemble : 56 fr.

ABONNEMENT A L'ANNÉE : PARIS : 12 fr. — DÉPARTEMENTS : 14 fr.

Strasbourg, typographie de G. Silbermann.

www.ingramcontent.com/pod-product-compliance
Ingram Content Group UK Ltd.
Pitfield, Milton Keynes, MK11 3LW, UK
UKHW021312190726
13839UKWH00007B/1196

9 782329 606859